AF245999

A MON PETIT AMI

MAURICE POISOT.

1857

Introduction.

Deux pauvres petits serins avaient été un jour tirés d'une grande volière où ils s'amusaient bien, se trouvant avec nombre d'oisillons de leur âge, pour être placés dans une toute petite cage que l'on avait accrochée à une fenêtre, puis on était sorti, sans plus s'inquiéter des charmants petits oiseaux que s'ils n'existaient pas.

Après avoir becqueté les barreaux de leur cage, après avoir ramassé quelques grains de millet qui se trouvaient épars çà et là, les pauvres bêtes s'ennuyèrent beaucoup, et leurs petits cris disaient dans le langage oiseau : Je m'ennuie, je m'ennuie ! mon Dieu que je m'ennuie ! je n'ai ni mouron vert à croquer, ni tasse d'eau pure où me baigner. Je m'ennuie, je m'ennuie ! mon Dieu que je m'ennuie !

Pendant qu'ils se désolaient ainsi, la fée des serins (c'était au temps des fées), la fée des serins traversait les airs sur son char traîné par cent colibris. Elle entendit les plaintes des petits prisonniers et dit à son chambellan (gros serin jaune qui se tenait perché à la portière de sa voiture aérienne) : « Cher Jaunet, écoutez ces cris,
» dont mon cœur est touché; ces pauvres oiseaux ne seront pas, il
» est vrai, malheureux longtemps; je sais, moi qui sais tout, qu'on
» leur prépare une grande et belle volière; mais en attendant voyez
» comme ils s'ennuient ! Vous, mon grand chambellan, qui avez tant
» d'esprit (car, du temps des fées, les chambellans étaient tous des
» bêtes de mérite), courez ou plutôt volez près d'eux, et dites-leur
» un de ces beaux contes que vous contez si bien. »

Ravi de ce compliment, le chambellan sentit ses plumes se gonfler de satisfaction, puis il se prosterna devant la fée, si bas, si bas, que son bec touchait la terre, et que sa queue regardait le ciel. Il déploya ses ailes, s'envola et fut bientôt perché sur un arbre tout à côté de la petite cage.

Pour obéir à la fée, il commença le récit suivant, qui amusa beaucoup nos intéressants oisillons.

C.

HISTOIRE

Il était une fois un roi et une reine qui n'avaient
point d'enfants ; ils en étaient bien tristes ; la reine sur-
tout passait une partie de ses journées à pleurer. Lorsqu'elle se promenait dans les splendides jardins de son
palais d'été, elle se disait : Hélas ! que n'ai-je une petite
fille à voir courir et s'ébattre sur ces pelouses vertes, au
milieu de ces belles fleurs! et cette pensée lui faisait tant
de mal, que la promenade devenait pour elle un vrai
supplice.

Un jour, plus triste encore que de coutume, la reine
était allée s'asseoir sur un banc de verdure, dans un bosquet de rosiers en fleur, et là, inclinant son front vers
la terre, elle songeait au bonheur qu'elle n'avait pas et
qu'elle enviait tant. Tout à coup elle entend le sable
frémir sous des pas légers, puis une voix argentine,
aussi charmante que le chant d'un oiseau, lui dit : Je
connais le sujet de tes larmes, et je viens te consoler.
La reine leva aussitôt la tête, et vit devant elle une jeune femme,
mais si petite, si petite, que sa taille ne dépassait pas celle d'une mar-
guerite des champs ; elle se tenait assise sur une rose blanche, et
s'accoudait gracieusement sur un bouton entr'ouvert tout à côté.

Cette mignonne créature portait une robe de satin jaune brodé
d'or. Sur la tête, elle avait une petite toque en semblable étoffe,
entourée d'une couronne de pierreries et ornée par devant d'une
touffe de belles plumes noires.

Elle tenait à la main une baguette d'or incrustée de diamants ;
sa figure, d'une beauté parfaite, respirait l'esprit et la bonté. La
reine vit bien du premier coup d'œil que ce n'était pas une femme
comme une autre, et se leva par respect. Alors, agitant sa baguette,
la dame inconnue lui dit : Je suis la fée Serine, je veux faire cesser
tous tes chagrins, car tu as mérité ma protection, par la bonté tou-

chante avec laquelle tu donnes des soins à tous ceux de mes sujets qui tombent entre tes mains; tu défends que dans ton royaume on tue les oiseaux, qu'on les mange rôtis, grillés, ou en salmis. Hier encore tu as sauvé la vie à un pauvre petit serin qu'un tiercelet allait dévorer. Cette belle conduite aura sa récompense. Viens, suis-moi! Et descendant de son rosier avec la légèreté d'un oiseau, la fée Serine marcha devant la reine et la conduisit par des sentiers détournés dans un pays tout à fait inconnu.

Bientôt on arriva près d'un grand jardin; les murs étaient de marbre blanc, et une grille d'or massif servait de porte. La fée frappa avec sa baguette sur cette grille qui s'ouvrit aussitôt. Entrant alors avec la majesté d'une souveraine, la fée fit signe à la reine de la suivre. Celle-ci, tout en marchant, ne pouvait s'empêcher d'admirer ce jardin, si différent de ceux qu'elle avait vus jusqu'alors. De belles pelouses couvertes de mouron blanc, des massifs de plantain, de longues allées bordées de tiges de millet si fortes et si belles qu'on eût cru voir de petits peupliers, d'imperceptibles ruisseaux coulant sur du sable fin; plus loin, de la navette en fleur. Il semblait qu'une main attentive se fût chargée de réunir en ce lieu tout ce qui pouvait plaire à la gent emplumée.

Aussi était-ce merveille de voir les myriades d'oiseaux de toutes sortes qui, voletant et sautillant, venaient en grande hâte rendre hommage à leur fée, leur reine, et la saluer au passage.

Celle-ci s'avançait vers son palais, situé au centre du jardin : lorsqu'elle en eut atteint le seuil, ses serines d'honneur, ses conseillers, ses chambellans l'entourèrent à l'envi; mais, leur faisant de la main signe de s'éloigner, la fée traversa avec la reine plusieurs salles où les diamants, les pierres précieuses, brillaient de tous côtés, puis elle entra dans sa volière.

A l'aspect de ce lieu magique, la reine demeura muette d'admiration; jamais pareille magnificence n'avait frappé ses regards : les treillis étaient d'or, les perchoirs d'argent; des jets d'eau retombaient en pluie fine dans des coupes de porcelaine du Japon, et des vases de Chine, entourés de perles, contenaient les graines destinées à servir de nourriture aux hôtes de ce séjour enchanté. Par un prodige qui ne s'est vu que là, un cep de vigne d'argent, aux feuilles d'émeraudes, produisait en toute saison d'excellents raisins que les oiseaux allaient becqueter pour leur dessert.

Sur les branches de cette vigne, les serins faisaient leurs nids avec des fils de soie plus fins que ces fils de la Vierge dont les airs sont sillonnés aux belles journées d'automne.

La fée s'approcha d'un de ces nids, y prit un œuf de la grosseur d'une noisette, le donna à la reine et lui dit : Emporte cet œuf, mets le chaudement dans le berceau destiné aux princesses royales, et, par ma toute-puissance, demain au point du jour une petite fille en sortira. Tes vœux seront donc comblés; tu te trouveras la mère de la plus belle princesse du monde; seulement écoute bien mes paroles : il ne suffit pas qu'une femme soit belle, il faut encore qu'elle soit bonne ; cette dernière et précieuse qualité dépendra complétement de l'éducation que tu donneras à ta fille. Si donc de funestes influences venaient corrompre le cœur de cette enfant, elle reprendrait aussitôt, j'en jure par ma baguette, la forme que la nature lui avait primitivement destinée. Plutôt que de devenir méchant et égoïste, mieux vaut mille fois n'être qu'un serin.

A ces mots, la fée se retira, en faisant signe à une jolie petite serine verte, sa femme de chambre, de reconduire la reine jusqu'à la limite de ses États.

Arrivée au bosquet des roses, la reine restée seule, aurait cru s'éveiller d'un songe, sans l'œuf qu'elle tenait à la main ; mais il n'y avait pas à en douter, le petit œuf gris tacheté de brun était là, visible, palpable; aussi la reine se hâta de rentrer au palais et ordonna que l'on descendît dans sa chambre à coucher le berceau des princesses royales.

Grand fut alors l'émoi de tous les courtisans, qui savaient fort bien à quel point la vue du berceau était devenue odieuse à la reine, en avivant ses cuisants regrets. Mais comme les usages de ce pays différaient complétement des nôtres, on se contenta d'obéir, sans se permettre le moindre commentaire.

Lorsque les courtisans se furent retirés, la reine courut fermer à double tour la porte de sa chambre, et, le cœur palpitant d'une douce émotion, elle revint considérer ce berceau qui devait bientôt contenir ses plus chères espérances. Par une coïncidence singulière, l'artiste qui l'avait ciselé dans un énorme bloc d'argent lui avait donné la forme d'un nid d'oiseau appuyé sur des roseaux flexibles; un duvet moelleux, renfermé dans une étoffe de soie blanche, garnissait les parois de la couchette, afin que le royal rejeton ne pût, dans ses ébats, meurtrir ses petits membres au contact du métal. D'amples rideaux de satin bleu, doublés de dentelle et frangés d'argent, re—

tombaient à l'entour, et ne laissaient pénétrer intérieurement qu'un demi jour mystérieux.

La reine posa doucement l'œuf sur les matelas de soie blanche, et après l'avoir entouré d'une chaude couverture de satin bleu ouaté, elle alla, brisée de fatigue et d'émotions, se jeter sur son lit, espérant goûter quelque repos.

Mais elle ne put guère dormir, car toute la nuit elle regardait le berceau dont, par ordre de la fée, les rideaux étaient soigneusement fermés, et elle écoutait avec anxiété si elle n'entendrait aucun bruit qui vint lui annoncer la naissance de cette fille si désirée.

Enfin à travers les stores de dentelle qui masquaient les fenêtres de la chambre, on vit glisser les premières lueurs du jour. La reine alors sauta à bas de son lit, et, passant à la hâte une robe de chambre de cachemire blanc, elle courut au berceau sans même prendre le temps de chausser les petites pantoufles de satin rose qui gisaient près du lit, sur le tapis d'hermine. Elle entr'ouvrit les rideaux d'une main tremblante, et pensa s'évanouir de surprise et de joie!

La plus jolie petite fille était là, endormie, appuyant gracieusement sa tête sur son petit bras blanc et potelé.

Cette ravissante créature avait de beaux cheveux noirs qui tombaient en grosses boucles sur ses épaules; ses lèvres roses à demi entr'ouvertes semblaient sourire, et ses grands yeux fermés étaient garnis de cils noirs longs et soyeux, dont l'ombre se projetait sur la blancheur nacrée du visage. A peine le jour avait-il pénétré dans le berceau que la jeune princesse, s'éveillant, tendit ses petits bras à la reine et se mit à lui sourire.

Celle-ci, transportée de joie, la prit aussitôt et la porta dans le cabinet du roi. Le roi, qui était un très-bon mari, fut enchanté de se trouver père d'une aussi belle enfant, et il l'aima bientôt de toutes ses forces, sans se préoccuper de son étrange origine.

C'était à qui, de lui ou de la reine, caresserait, gâterait le plus la petite *Bien-aimée*. Tel est le nom qu'ils donnèrent à la princesse. Avant qu'elle pût parler, les courtisans n'étaient occupés qu'à deviner, qu'à prévenir tous ses désirs : si elle poussait un cri, chacun prenait un air de désolation et s'agitait en tous sens pour la consoler; si elle souriait, c'était une joie générale, et le jour où elle perça sa première dent on illumina la ville.

Lorsque la princesse grandit, ce fut bien autre chose encore. Un jour le roi déclara la guerre à un peuple voisin parce que son ambassadeur avait une grande barbe, et qu'en le voyant Bien-aimée s'était mise à pleurer en disant : *A peur*. Quelque temps après, ce faible monarque publia un édit décrétant que tous ceux qui contrarieraient ou feraient pleurer sa fille auraient la tête coupée.

Vous pouvez penser alors si Bien-aimée eut toute liberté pour suivre ses caprices. Lorsqu'on lui donna des maîtres pour lui apprendre à lire et à écrire, elle disait : Cela me contrarie, je vais pleurer ; et les pauvres maîtres, qui tremblaient pour leur cou, se sauvaient effrayés ou répondaient : Eh bien, au lieu de prendre leçon, voulez-vous jouer à *pigeon vole* ou à *la mer est agitée ?*

C'est ainsi que se passaient toutes les heures d'études.

De plus, à force de n'être jamais contredite en rien, Bien-aimée devenait méchante ; elle battait ses petites amies, les pinçait, enfin aucun enfant ne voulait plus jouer avec elle.

Lorsque la reine envoyait inviter les compagnes de la princesse, les parents répondaient : Ma fille a la rougeole, ma fille a la coqueluche, ma fille a la petite vérole ; c'était à faire croire que le royaume se transformait en hôpital.

La princesse s'ennuyait beaucoup, mais si la reine la pressait d'étudier, elle se mettait à pleurer, en disant : Cela me fait mal, et la reine l'embrassait alors, répondant : Chère enfant, eh bien, repose-toi, voyons, cherchons ensemble ce qui pourrait te distraire.

Un jour Bien-aimée s'amusait dans un appartement du palais, dont la fenêtre donnait sur la campagne, la reine, assise près de sa fille, la suivait du regard avec amour, tout à coup, un bel oiseau aux ailes dorées vint se poser sur le balcon et entra étourdiment dans la chambre.

La petite princesse ferma aussitôt la fenêtre et chercha à prendre l'oiseau ; c'était difficile, car il voltigeait à droite, à gauche, et lorsqu'elle croyait mettre la main dessus, crac... il était d'un autre côté.

Enfin, épuisé de fatigue, le pauvre oiseau se laissa tomber sur un meuble où la reine le saisit. La princesse alors sauta de joie en disant : Maman, maman, donne-le moi bien vite...

— Que veux-tu en faire, chère Bien-aimée ? veux-tu lui rendre la liberté, ou faut-il le porter dans la volière ?

— Rien de tout cela, maman, je veux lui ôter toutes ses belles plumes pour les mettre sur le chapeau de ma poupée.

— Cela ne se peut pas, ma fille ; en lui ôtant ses plumes, tu le ferais mourir dans d'horribles souffrances.

— Ça m'est égal, dit la petite fille en commençant à pleurer, je veux ses plumes; s'il crie, tant mieux, cela m'amusera. Je les veux! je les veux!

La reine eut beau lui dire qu'elle avait un mauvais cœur, qu'il serait trop cruel de torturer ainsi un pauvre oiseau, la princesse criait de plus belle : Je veux ses plumes! je les veux! je les veux! ou j'en mourrai de chagrin. Cela effraya la reine, qui, de guerre lasse, lui donna l'oiseau, disant : Tiens donc, chère petite, et ne pleure plus.

La princesse se jeta sur sa victime et saisissait déjà la plus belle plume, lorsqu'une violente douleur lui fit subitement lâcher prise. La méchante petite fille venait de recevoir sur les doigts un grand coup de baguette, et l'oiseau, qui n'était autre que la fée Serine, se tenait devant elle d'un air irrité, après avoir repris sa première forme.

La fée s'adressa d'abord à la reine et lui dit d'une voix sévère : Voilà donc l'éducation que tu donnes à ta fille pour en faire une princesse estimable? Puis, se tournant vers Bien-aimée que la terreur rendait immobile : Et toi, méchante princesse, est-ce donc ainsi que tu réponds à mon attente? ignorante, égoïste, colère, ton cœur même est perverti!!! Va, le monde serait trop malheureux s'il s'y trouvait une femme telle que toi : ma puissance doit le préserver d'un semblable fléau.

La fée prononça alors quelques paroles magiques, et frappa rudement la princesse de sa baguette. Bien-aimée voulut crier, mais elle se trouva enveloppée à l'instant d'une coquille épaisse qui étouffa sa voix. La reine s'élançait au secours de sa fille!... Hélas! à la place de la princesse, la pauvre mère ne vit plus qu'un petit œuf tacheté de brun, en tout semblable à celui que quelques années avant elle avait rapporté de la volière. A cet aspect, la malheureuse femme poussa un grand cri, et tomba évanouie sur le plancher.

La fée, prenant l'œuf dans ses bras, disparut par le trou de la serrure.

Un mois s'était écoulé; dans une rue obscure et étroite on voyait un marchand d'oiseaux jeter parcimonieusement quelques graines dans de petites cages, où serins, bouvreuils, pinsons attendaient pêle-mêle le moment toujours redoutable où un acheteur viendrait les choisir et les emmener loin de leurs frères.

Un petit garçon, aux cheveux mal peignés, aux mains sales, à l'air en dessous, s'arrêta devant la boutique : Maman, dit-il à la femme qui l'accompagnait, achète-moi un oiseau ! A ces mots, le marchand s'avança, lui montra toutes les cages, et lui dit de choisir parmi ses petits pensionnaires.

Mais le choix était difficile pour un enfant aussi capricieux : un oiseau lui semblait trop gros, l'autre trop petit, celui-ci trop vif, celui-là trop tranquille. Enfin, il avisa un petit serin jaune, à peine couvert de plumes, qui se blotissait effrayé au fond du nid.

— Voilà celui que je veux, s'écria l'enfant ; il a une drôle de mine avec sa huppe noire qui commence à pousser.

Le pauvre oiseau, en entendant ces paroles, se mit à trembler de tous ses membres, et dans le fait le petit garçon avait l'air si méchant, que l'idée de lui appartenir pouvait épouvanter un être plus fort et plus courageux qu'un petit serin. Mais comment un oiseau comprenait-il si bien le langage des hommes ? Hélas ! c'est que notre serin n'était autre que Bien-aimée ! la belle princesse Bien-aimée, subissant le destin que son mauvais cœur lui avait réservé.

La pauvre petite fut bientôt entre les mains de l'enfant, qui l'emporta chez lui en grande hâte, et le plaça dans une toute petite cage. Là, souvent elle manquait de graines ou d'eau, mais une chose lui semblait encore plus affreuse à supporter que la faim et la soif, c'était la brutalité du méchant garçon, qui, sous prétexte de jouer avec son oiseau, le serrait quelquefois jusqu'à l'étouffer, lui tirait les plumes, lui donnait des coups de baguette, en faisant enfin un vrai martyr ; c'est alors que Bien-aimée regrettait le palais de sa mère, où elle vivait si heureuse. Hélas ! disait-elle, pourquoi ai-je été méchante ? sans cela j'y serais encore ! Et en voyant chaque jour le petit garçon, elle apprenait comme c'est vilain d'être méchant. Elle entendait les camarades qui venaient jouer avec lui, se moquer de son ignorance. Il ne sait ni lire ni écrire, disaient-ils, oh ! le petit âne ! Sa mère pleurait souvent de ses caprices et disait : Cet enfant me fera mourir.

Après une horrible colère du petit garçon, sa bonne un jour s'écria : « Il est méchant comme la princesse Bien-aimée. » Celle-ci, enfermée dans sa cage, ne perdait aucune de ces paroles. Oh mon Dieu ! disait-elle, voilà donc comme je me faisais détester. Ah ! si je pouvais redevenir ce que j'étais autrefois, ma conduite serait bien différente ! Mais à quoi bon regretter l'ancien temps ! oiseau elle était, oiseau elle devait rester.

Un jour, son maître avait invité à goûter un de ses petits camarades qu'il aimait beaucoup, parce qu'il était encore plus méchant
que lui ; ce dernier s'approcha de la cage, et dit en regardant Bien-
aimée :

— Ton oiseau est très-ennuyeux, il ne chante pas du tout.

— Oh ! mon Dieu, oui, répondit l'autre ; aussi, j'ai bien envie un de
ces jours de le manger rôti.

La pauvre Bien-aimée manqua mourir de frayeur en entendant ces
mots.

— Bah ! attends encore, je saurai bien faire chanter ton oiseau moi,
va ! pour ça, il faut lui crever les yeux, et puis alors il chantera ; il
chantera toujours, toujours.

— Vraiment !

— Mais oui, c'est papa qui l'a dit, il racontait ça l'autre jour d'un
rossignol ; si tu veux, nous allons essayer, ce sera bien amusant.

— Oh ! oui, oui, qu'est-ce qu'il faut prendre pour cela ?

— Une grosse aiguille.

— Il y en a là dans l'étui de maman. Et le méchant se mit à chercher
dans la corbeille à ouvrage de sa mère. Tiens, dit-il, il n'y est pas :
maman l'aura dans sa poche : allons le lui demander. Et ils partirent
en courant.

Un instant après, Bien-aimée, dont la cage était placée près de la fenêtre, put les voir dans une allée du jardin ; une joie cruelle se lisait sur
leurs visages, ils tenaient l'étui qu'ils rapportaient en triomphe. Arrivés
près de la maison, ils s'avancèrent et se mirent à choisir l'aiguille. En
voilà une bien bonne, dirent-ils, allons, toi, tu tiendras l'oiseau, moi
je piquerai. Là-dessus, ils ouvrirent la porte, et leurs pas bruyants,
se rapprochant toujours, retentirent dans l'escalier. C'en était donc fait
de Bien-aimée ; une minute encore et elle se trouvait livrée à ses bour-
reaux ; mais à ce moment suprême la pauvre petite, au comble de la
terreur, puisa dans l'imminence du danger une énergie incroyable. A
force de s'agiter dans sa cage, d'en pousser la porte avec son bec et
ses pattes, de peser sur les barreaux de tout le poids de son petit corps,
elle parvint, non sans maintes écorchures, à se frayer un passage, et
put enfin s'élancer au dehors, bien meurtrie sans doute, mais libre et
hors de danger !

Cachée sur un arbre du jardin, elle assista au désappointement
cruel qu'éprouvèrent les deux méchants petits garçons lorsqu'ils trou-
vèrent la cage vide ; ils regardèrent de tous côtés, cherchèrent sous

les meubles, secouèrent les rideaux, espérant toujours découvrir l'oiseau devenu invisible. Tout à coup, l'un d'eux s'écria : Retournons au jardin, ton serin y est, bien sûr : nous le rattraperons là. Bien-aimée sentit alors renaître toutes ses angoisses; elle reprit aussitôt son vol, franchissant les murs, les haies, les rivières, elle dévorait l'espace croyant entendre les pas de ses persécuteurs ; et, sans oser se reposer un instant, elle volait toujours, toujours. Enfin, brisée de fatigue et hors d'état de remuer plus longtemps ses ailes, elle se laissa tomber sur un buisson d'aubépine, au milieu d'un magnifique jardin. Elle pensait déjà à s'y gîter pour la nuit; mais, hélas! la fatalité n'avait encore cessé de la poursuivre. Un gros chat passait par là, et avant seulement que Bien-aimée l'eût aperçu, il sautait sur elle et l'emportait dans sa gueule, malgré les *tuis tuis* de détresse que poussait le pauvre oiseau.

Or, il arriva qu'en ce moment même le prince Charmant, fils du roi du pays, se promenait dans le jardin. Le prince Charmant était de très-bonne humeur, il avait bien travaillé; son maître lui-avait fait compliment, et ce qui valait mieux encore, sa mère l'avait embrassé en lui disant qu'il la rendait bien heureuse.

Comme il lançait sa balle dans les allées du jardin, le chat passa devant lui emportant sa proie. Ah chat! vilain chat! s'écria le prince, lâche cet oiseau; mais le chat de se sauver de plus belle. Le prince s'élança aussitôt sur ses traces et parvint heureusement à l'attraper au moment où il allait disparaître par le soupirail d'une cave.

Alors commença une terrible bataille, le chat ne voulait pas lâcher l'oiseau et griffait le prince jusqu'au sang. Celui-ci, malgré la douleur, cherchait à desserrer les dents de la vilaine bête, qui résistait de toutes ses forces; enfin la victoire se déclara pour le bon droit. Le chat prit honteusement la fuite, et le prince, maître du champ de bataille, garda entre ses mains la pauvre Bien-aimée. Mais dans quel état se trouvait-elle, grand Dieu! Elle était à moitié morte et tout en sang. Le prince pleurait en la voyant si malade. Pauvre petite, disait-il, oh! si tu pouvais en revenir, comme je te soignerais, comme je t'aimerais! Bien-aimée, en entendant cette voix si douce, chercha à tourner la tête pour voir celui qui parlait; alors elle s'aperçut que dans sa lutte avec le chat le prince avait eu les mains toutes déchirées, et le courageux enfant ne semblait seulement pas y prendre garde, occupé qu'il était du pauvre petit oiseau. Qu'il est bon, se dit Bien-aimée : il est blessé et ne pense qu'à moi! Alors elle avança son petit bec, et, regardant le prince tendrement, elle eut l'air de baiser les égratignures qu'il avait reçues pour la sauver.

Charmé de trouver tant de gentillesse dans un oiseau, le prince caressa Bien-aimée doucement, tout doucement, pour ne pas lui faire de mal, lava le sang qui sortait de ses blessures, et après les avoir pansées avec un baume merveilleux, emporta dans sa volière sa petite chère serine. Là, il la déposa sur un joli perchoir de palissandre ; il mit près d'elle une tasse de cristal qu'il emplit d'eau fraîche, et accrocha tout à côté un gros échaudé qu'on lui avait donné pour son dessert.

Puis il rentra au palais, car sa mère l'appelait pour prendre ses leçons,

Tous les jours, le petit prince venait lui-même soigner son oiseau, lui donner des graines et du mouron frais; enfin, ce qu'il y a de bien singulier, c'est que, sans se douter du nom de la princesse, il l'avait appelée tout de suite ma petite *Bien-aimée !*

Dès que Charmant approchait de la volière, Bien-aimée, qui se guérissait à merveille des morsures du chat, Bien-aimée battait des ailes et volait aussitôt sur les doigts ou sur l'épaule du petit prince, car elle s'ennuyait dans la société des oiseaux, elle princesse ! mais aussi lorsqu'il arrivait, comme elle devenait joyeuse ! elle l'accablait de caresses et ne savait de quelle manière lui témoigner sa reconnaissance et son affection.

En la voyant si douce et si gentille, le petit prince s'attachait à elle chaque jour davantage. Bientôt il lui fut impossible de s'en séparer : au lieu de la laisser dans la volière, il l'emmenait avec lui au palais. Là, Bien-aimée assistait à toutes les leçons de Charmant, et l'exemple de cet aimable enfant, toujours si sage, si appliqué, faisait regretter amèrement à la pauvre princesse d'avoir suivi une conduite si différente lorsque, dans le palais de sa mère, tant de maîtres lui étaient donnés. Il a toujours l'air heureux, content, pensait-elle, l'étude n'est donc pas si ennuyeuse que je croyais; et comme elle voulait en tout imiter son cher petit Charmant, elle essaya d'apprendre tout ce qu'il apprenait. Lorsqu'il récitait sa leçon d'histoire, elle écoutait attentivement, et si elle ne pouvait avec son petit bec prononcer les noms, du moins elle les casait dans sa petite tête.

Un jour, on demandait à Charmant comment s'appelait le père de Charlemagne; le petit prince, qui ne s'attendait pas à cette question, se trouble, hésite; peut-être va-t-il mal répondre et mériter une pu-

nition, mais Bien-aimée veille sur lui, elle traverse d'un vol la salle
d'étude, va se percher sur le nez d'un buste de Pépin le Bref et fait
entendre une fanfare de triomphe. Cette action rendit la mémoire à
Charmant, il répondit à merveille et fut récompensé.

Ce jour-là, Bien-aimée ressentit une grande joie d'avoir appris l'histoire.

Quant à la musique, les progrès de notre petite serine furent plus
rapides encore ; elle avait pour cet art des dispositions remarquables,
et lorsque Charmant déchiffrait une partition, Bien-aimée, perchée sur
son épaule, chantait toutes les mélodies, aussi bien qu'aurait pu le
faire une cantatrice en vogue.

Vous devez penser comme le prince Charmant aimait sa gentille
petite serine ; on ne les voyait jamais l'un sans l'autre. Lorsque le
prince allait jouer au jardin, il emmenait toujours l'oiseau, car il
connaissait son obéissance, et savait qu'on pouvait sans crainte le
laisser en liberté.

Un jour, le jeune prince avait passé une partie de sa matinée à
cultiver des fleurs dans un petit jardinet qui lui était spécialement
réservé : la chaleur devenant excessive, et Charmant se trouvant ac-
cablé de fatigue, il s'étendit au pied d'un arbre sur un banc de
gazon, et ne tarda pas à s'endormir ; Bien-aimée, perchée sur une
branche, chantait à demi voix les airs qu'il aimait le mieux pour
bercer son sommeil : si une mouche voltigeait sur le visage du prince,
Bien-aimée l'écartait d'un coup de bec ; enfin elle veillait avec amour
sur Charmant endormi !

Mais quelle affreuse terreur vint tout à coup agiter notre pauvre
serine ! Elle aperçoit un horrible scorpion qui, se glissant dans l'herbe,
s'approchait traîtreusement du jeune prince : un instant encore, il va
s'élancer sur lui. Comment faire, comment porter secours à Charmant qui, dans son sommeil paisible, ne se doute pas que la mort
est là qui va l'atteindre ! Bien-aimée ne consulte que son courage ;
d'un vol impétueux elle fond sur le scorpion, le harcèle sans relâche,
et trouvant des forces surnaturelles en présence du danger qui me-
nace le jeune prince, brise d'un vigoureux coup de bec le crâne de
son redoutable ennemi ! mais à ce moment, par un dernier effort de
l'agonie, le scorpion se replie sur lui-même, et vengeant d'un seul
coup sa mort et sa défaite, plonge son dard empoisonné dans le cœur de
la pauvre Bien-aimée.

Charmant se réveille au bruit du combat : le scorpion étendu mort à ses pieds frappe d'abord ses regards. Il cherche Bien-aimée, il l'aperçoit enfin ; mais hélas ! en comprenant qu'elle vient de lui sauver la vie, il voit bien aussi qu'elle a donné la sienne en échange. Pauvre Bien-aimée, elle est là, renversée sur le dos, les ailes étendues, la poitrine meurtrie et sanglante; Charmant se jette sur elle, la prend dans ses mains, l'embrasse en pleurant. Bien-aimée le regarde d'un air attendri, une gouttelette de sang vient perler sur son bec qui semble s'entr'ouvrir pour un dernier adieu; son petit corps se raidit dans un tressaillement convulsif, ses yeux se ferment, sa tête retombe sans mouvement!... Bien-aimée, disait Charmant, pâle d'effroi, chère Bien-aimée ! mais... elle ne remue plus !... elle devient toute froide!... Oh ! s'écria-t-il avec un accent déchirant, faites qu'elle ne soit pas morte, mon Dieu, mon Dieu !

— Tes vœux sont exaucés, répondit une voix d'un timbre enchanteur et descendant d'un nuage d'or et d'azur qui venait de s'abaisser vers la terre. La fée Serine s'avança avec majesté, elle leva sa petite baguette, et fit entendre ces paroles solennelles : Bien-aimée, ton temps d'épreuves est passé, tu es à présent appliquée, instruite, mieux que cela, tu es bonne, tu viens de me prouver que tu sais aimer et te sacrifier pour ceux que tu aimes : jeune fille, reprends ta première forme !

Alors Charmant, immobile de surprise, vit la chose la plus singulière que l'on puisse imaginer : les petites plumes noires que Bien-aimée avait sur la tête semblaient grandir, et retombaient comme de longues boucles de cheveux ; ses ailes prenaient la forme de bras ronds et potelés, sa taille s'allongeait gracieusement, et bientôt, par la toute-puissance de la fée, le jeune prince eut devant les yeux la plus jolie petite fille du monde, la princesse Bien-aimée enfin...

La fée prit cette dernière par la main, et la conduisit au palais. Là, par une intervention magique, se trouvait déjà la reine, mère de Bien-aimée, à moitié pâmée de bonheur; elle fit avancer sa voiture, traînée par huit chevaux blancs, et se disposait à y monter avec sa fille, lorsqu'elle s'aperçut que celle-ci pleurait; elle vit aussi le prince Charmant qui sanglotait et qui disait : Je ne pourrai plus vivre, puisqu'on me sépare de ma bien-aimée. La princesse murmurait bien bas. Et moi, je ne serai jamais heureuse loin du prince Charmant!

Alors le roi, père de Charmant, vint trouver la reine, mère de Bien-aimée, et lui dit : Nos enfants doivent hériter tous deux d'un beau royaume; ils sont jeunes tous deux, beaux tous deux, ils s'aiment, si nous les mariions ensemble?

Bien-aimée et Charmant sautèrent de joie à cette idée, et quelques jours plus tard, la jeune princesse, vêtue d'une robe de gaze d'argent où les diamants scintillaient comme des gouttes de rosée, donnait la main au prince Charmant, qui paraissait encore plus joli qu'à l'ordinaire avec son beau justaucorps de velours bleu de ciel à crevés de satin. Ils sortaient de l'église où on venait de les marier, et le peuple, sur leur passage, criait : Vive le prince Charmant! vive la princesse Bien-aimée!

Le chambellan en était là de son récit lorsqu'un grand bruit se fit entendre. On apportait la belle volière dans laquelle les petits serins furent heureux de prendre leurs ébats.

Le chambellan voyant que ces gentils oiseaux n'avaient plus besoin de distraction, vola bien vite rejoindre la fée Serine, sans terminer l'histoire de Charmant et Bien-aimée; de sorte que l'on ne put savoir s'ils furent heureux ou s'ils eurent beaucoup d'enfants.

ROBERT MUYS.

Paris. — Imprimerie J. Voisvenel, rue du Croissant, 16.